LE TEMPLE

DE GNIDE.

Imprimé à cent quarante exemplaires.

LE TEMPLE DE GNIDE.

PARIS.

IMPRIMERIE ET FONDERIE DE J. PINARD,

RUE D'ANJOU-DAUPHINE, N°. 8.

M DCCC XXIV.

L'IMPRIMEUR AU LECTEUR.

On sera sans doute étonné de l'idée que j'ai eue d'imprimer LE TEMPLE DE GNIDE *sur une grande dimension, et, comme le disait un homme d'esprit, de mettre les Grâces en in-folio; mais voulant, dans une édition qui est presque mon début typographique dans la capitale, réunir tout le luxe de la Fonderie et de l'Imprimerie à celui de la Gravure en relief des ornemens, j'ai dû choisir un ouvrage qui fournît le motif de plusieurs vignettes. J'ai donc voulu essayer de produire avec le bois les effets de la taille-douce. Cette tentative qui, je le crois, n'a été faite par aucun Imprimeur moderne, présentait une grande difficulté; c'était d'imprimer, en même temps que le caractère, des vignettes d'une dimension aussi étendue, et d'obtenir des résultats satisfaisans.*

Chaque Chant est orné d'une gravure sur bois exécutée par M. Thompson, célèbre graveur anglais, qui s'est en quelque sorte naturalisé en France. M. Lafitte, dessinateur du cabinet du Roi, et M. Devéria, son élève, connus tous les deux par un grand nombre de compositions agréables, ont été chargés des dessins.

L'IMPRIMEUR AU LECTEUR.

Les vignettes, commencées depuis plusieurs années et pendant que j'étais à Bordeaux, peuvent donner une idée du talent de M. Thompson, et du degré de perfection que ce genre de gravure peut obtenir entre ses mains.

Je n'ai rien épargné pour les caractères qui ont été employés dans cet ouvrage. M. Lombardat, auquel la gravure en a été confiée, les a refaits plusieurs fois, d'après les dessins que je lui ai remis, et les observations que je lui faisais sur chaque lettre. Il a porté dans ce travail un zèle et une constance dont je ne puis assez faire l'éloge. Le caractère italique de cet Avertissement a reçu des formes nouvelles. Les amateurs de la typographie jugeront si elles sont préférables aux anciennes. Toutes les lettres des titres ont été gravées par moi.

On remarquera que l'INVOCATION AUX MUSES est composée avec un caractère différent, mais de même dimension. Ce caractère se distingue par quelques lettres d'un dessin nouveau introduites depuis quelques années dans l'imprimerie. Ce volume est donc en quelque sorte un SPECIMEN de quelques types de ma fonderie et de mon imprimerie, en même temps qu'il est un monument élevé à la mémoire de l'immortel auteur de L'ESPRIT DES LOIS, par un de ses compatriotes.

L'IMPRIMEUR AU LECTEUR.

Le papier est sorti des fabriques de MM. Mongolfier, d'Annonai, qui depuis long-temps sont en possession de fournir les papiers les plus beaux et les plus convenables à la typographie.

Cette édition est précédée DE PRÉLIMINAIRES *sur* LE TEMPLE DE GNIDE, *qui ne se trouvent dans aucune de celles qui ont été imprimées jusqu'à ce jour. Ils ont été rédigés par M. Charles Nodier, si avantageusement connu dans les lettres, et dont le talent aimable semble avoir été créé pour traiter ce sujet.*

PRÉLIMINAIRES

SUR

LE TEMPLE

DE GNIDE.

On n'essaiera pas d'apprécier ici le prodigieux talent de Montesquieu. Les anciens avaient représenté un satyre qui mesurait avec un thyrse Polyphème endormi, et il faut en effet quelque chose du cynisme d'un satyre pour entreprendre de mesurer les géants.

2

Qui pourrait calculer la hauteur de cet immense génie qui s'est élevé dans *l'Esprit des Lois* au niveau d'Aristote et de Cicéron, qui a laissé loin de lui Tacite et Machiavel dans le sublime tableau *de la Grandeur et de la Décadence des Romains,* qui a été aussi fin et plus profond que Lucien dans les *Lettres Persanes,* aussi vrai que Plutarque, et aussi éloquent que Rousseau dans le *Dialogue d'Eucrate et de Sylla,* et qui serait encore, avec LE TEMPLE DE GNIDE *tout seul,* un des esprits les plus brillans du siècle de l'esprit?

A considérer le style du TEMPLE DE GNIDE comme une simple étude, cet ouvrage sera toujours une des choses les plus achevées qui soient sorties de la main des hommes. Quelle délicatesse dans les idées! quelle élégance dans le tour! quel heureux choix dans les expressions! quelle heureuse variété dans les images! quel nombre, quelle cadence, quelle pompe, quelle harmonie! Qu'on s'imagine, et l'on n'imaginera rien de trop, les plus belles pages de l'Anthologie traduites avec le goût de Fénélon et l'esprit de Voltaire!

Il était bien difficile d'être si doux sans fadeur, d'être si poli sans froideur, si soigné sans afféterie, si brillant sans affectation. La muse de Montesquieu a l'ingénieuse coquetterie de la bergère de Boileau. Sa parure éclipse les rubis et les diamans, et cependant ce ne sont que des fleurs.

La première impression que fasse éprouver la lecture du Temple de Gnide à ceux qui ne connaissent de Montesquieu que ses ouvrages sévères, c'est l'étonnement. L'aigle de Jupiter se nourrit de la même ambroisie que les colombes de Vénus, mais on le croirait étranger aux mystères de leur déesse.

Ce n'est cependant pas aux seules conceptions d'une philosophie sublime que Platon doit le surnom de divin. La Grèce idolâtrait aussi ses fables charmantes, ses spirituelles allégories, ses rêveries délicieuses. Il eut un génie familier comme son maître, et toutes les traditions attestent que ce génie était l'Amour.

Le culte de la beauté est bien loin d'être incompatible avec celui de la sagesse. Chez les peuples qui nous ont transmis les lumières de la philosophie, les Muses et les Grâces étaient souvent adorées sur le même autel.

Toutes les idées aimables doivent découler facilement des organisations puissantes. La grâce de l'esprit tire son origine de la force et de l'immensité morale, comme la grâce personnifiée tire la sienne des flots de la mer.

Il n'y a d'ailleurs pas autant de distance qu'on se l'imagine entre la vaste pensée du législateur des nations et les tendres affections d'une âme aimante. Depuis Orphée jusqu'à Pythagore, tous les philosophes étaient des poëtes. C'étaient les divinités des bois et des ruisseaux qui enseignaient les sages. Avant de donner des lois aux Romains, Numa ne se plaisait que dans la conversation des Nymphes, et une âme qui ne comprendrait pas l'amour, serait peut-être indigne d'embrasser les intérêts du monde.

Mais il ne faut pas une médiocre étendue de facultés pour associer ce qu'il y a de plus solennel dans les méditations du génie, et ce qu'il y a de plus gracieux dans les sentimens du cœur.

Il n'appartient qu'à Hercule de déposer quand il le veut sa massue pour jouer avec des fuseaux.

Le commencement de la Préface du TEMPLE DE GNIDE contient un de ces mensonges littéraires qui sont devenus si communs. MONTESQUIEU l'aurait fait adopter aisément par la critique, s'il avait mis plus d'intérêt à la persuader. LE TEMPLE DE GNIDE, publié en France comme un ouvrage original, aurait pu, aux yeux des juges les plus habiles, passer pour un plagiat. C'est une excursion d'Anacréon dans la prose, ou de Xénophon dans le roman.

On a souvent usé du même stratagème, et le public ne s'y est jamais trompé. *Il n'est pas donné à tout le monde d'aller à Corinthe,* et d'en rapporter des manuscrits grecs comme LE TEMPLE DE GNIDE.

Cette Préface finit par une de ces ironies charmantes qui ne vont bien qu'au génie. La marotte de la Folie n'est qu'une marotte dans les mains de Rabelais; mais quand MONTESQUIEU la saisit, c'est presque un sceptre.

Un homme très spirituel disait à une dame qui s'embarrassait dans l'éloge de *l'Esprit des Lois:*

« Sauvez-vous par le TEMPLE DE GNIDE!... » Ce qu'il y a de plus extraordinaire dans ce livre, c'est cette tendresse inexprimable de sentiment que MONTESQUIEU a portée jusque dans la galanterie française de son époque, antipode effrayant du sentiment. On ne pouvait écrire ainsi sans aimer. Que n'ose-t-on dire de MONTESQUIEU ce qu'il dit lui-même d'Aristée. « Je n'ai rien oublié de ce « qu'il a dit, car je suis inspiré par le même dieu « qui le faisait parler! »

Apelle avait consacré à Neptune un tableau qu'il suspendit à ses rivages; le tableau de MONTESQUIEU aurait bien mérité d'être attaché aux rivages de Gnide, si Vénus y avait encore eu des autels.

CH. NODIER.

PRÉFACE

DU TRADUCTEUR.

Un ambassadeur de France à la Porte Ottomane, connu par son goût pour les lettres, ayant acheté plusieurs manuscrits grecs, il les porta en France. Quelques uns de ces manuscrits m'étant tombés entre les mains, j'y ai trouvé l'ouvrage dont je donne ici la traduction.

Peu d'auteurs grecs sont venus jusqu'à nous, soit qu'ils aient péri dans la ruine des bibliothèques, ou par la négligence des familles qui les possédaient.

Nous recouvrons de temps en temps quelques pièces de ces trésors. On a trouvé des ouvrages jusque dans les tombeaux de leurs auteurs; et, ce qui est à peu près la même chose, on a trouvé celui-ci parmi les livres d'un évêque grec.

On ne sait ni le nom de l'auteur, ni le temps auquel il a vécu. Tout ce qu'on en peut dire, c'est qu'il n'est pas antérieur à Sapho, puisqu'il en parle dans son ouvrage.

Quant à ma traduction, elle est fidèle. J'ai cru que les beautés qui n'étaient point dans mon auteur n'étaient point des beautés; et j'ai souvent quitté l'expression la moins vive, pour prendre celle qui rendait mieux sa pensée.

J'ai été encouragé à cette traduction par le succès qu'a eu celle du Tasse. Celui qui l'a faite ne trouvera pas mauvais que je coure la même carrière que lui. Il s'y est distingué d'une manière à ne rien craindre de ceux même à qui il a donné le plus d'émulation.

Ce petit roman est une espèce de tableau, où l'on a peint avec choix les objets les plus agréables. Le public y a trouvé des idées riantes, une certaine magnificence dans les descriptions, et de la naïveté dans les sentimens.

Il y a trouvé un caractère original, qui a fait demander aux critiques quel en était le modèle; ce qui devient un grand éloge lorsque l'ouvrage n'est pas méprisable d'ailleurs.

Quelques savans n'y ont point reconnu ce qu'ils appellent l'art; il n'est point, disent-ils, selon les règles. Mais si l'ouvrage a plu, vous verrez que le cœur ne leur a pas dit toutes les règles.

Un homme qui se mêle de traduire ne souffre point patiemment que l'on n'estime pas son auteur autant qu'il le fait; et j'avoue que ces messieurs m'ont mis dans une furieuse colère. Mais je les prie de laisser les jeunes gens juger d'un livre qui, en quelque langue qu'il ait été écrit, a certainement été fait pour eux. Je les prie de ne point les troubler dans leurs décisions. Il n'y a que des têtes bien frisées et bien poudrées qui connaissent tout le mérite du TEMPLE DE GNIDE.

A l'égard du beau sexe, à qui je dois le peu de momens heureux que je puis compter dans ma vie, je souhaite de tout mon cœur que cet ouvrage puisse lui plaire. Je l'adore encore; et, s'il n'est plus l'objet de mes occupations, il l'est de mes regrets.

Que si les gens graves désiraient de moi quelque ouvrage moins frivole, je suis en état de les satisfaire. Il y a trente ans que je travaille à un livre de douze pages, qui doit contenir tout ce que nous savons sur la métaphysique, la politique et la morale, et tout ce que de grands auteurs ont oublié dans les volumes qu'ils ont donnés sur ces sciences-là.

INVOCATION

AUX MUSES.

Quand MONTESQUIEU composa la pièce suivante, il avait l'intention de la placer en tête du second volume de *l'Esprit des Lois*, mais depuis il changea d'avis. Et en effet, le style de cette Invocation, le ton qui y règne, semblent convenir davantage à la conception gracieuse du TEMPLE DE GNIDE qu'aux idées sévères de la législation.

Je pense donc qu'on ne me saura pas mauvais gré d'avoir placé ici cette Invocation aux Muses.

NOTE DE L'ÉDITEUR.

INVOCATION AUX MUSES.

.... Narrate, Puellæ
Pierides; prosit mihi vox dixisse Puellas.
Juv. *sat.* IV, *v.* 35.

VIERGES du mont Piérie, entendez-vous le nom que je vous donne? Inspirez-moi. Je cours une longue carrière; je suis accablé de tristesse et d'ennui. Mettez dans mon esprit ce charme et cette douceur que je sentais autrefois, et qui fuit loin de moi. Vous n'êtes jamais si divines que quand vous menez à la sagesse et à la vérité par le plaisir.

Mais, si vous ne voulez point adoucir la rigueur de mes travaux, cachez le travail même: faites qu'on soit instruit, et que je n'enseigne pas; que je réfléchisse, et que je paraisse sentir; et lorsque j'annoncerai des choses nouvelles, faites qu'on croie que je ne savais rien, et que vous m'avez tout dit.

Quand les eaux de votre fontaine sortent du rocher que vous aimez, elles ne montent point dans les airs pour retomber : elles coulent dans la prairie; elles font vos délices, parce qu'elles font les délices des bergers.

Muses charmantes, si vous portez sur moi un seul de vos regards, tout le monde lira mon ouvrage, et ce qui ne saurait être un amusement sera un plaisir.

Divines Muses, je sens que vous m'inspirez, non pas ce qu'on chante à Tempé sur les chalumeaux, ou ce qu'on répète à Délos sur la lyre; vous voulez que je parle à la raison : elle est le plus parfait, le plus noble et le plus exquis de nos sens.

LE

TEMPLE

DE

GNIDE.

LE TEMPLE DE GNIDE.

PREMIER CHANT.

Vénus préfère le séjour de Gnide à celui de Paphos et d'Amathonte. Elle ne descend point de l'Olympe sans venir parmi les Gnidiens. Elle a tellement accoutumé ce peuple heureux à sa vue, qu'il ne sent plus cette horreur sacrée qu'inspire la présence des dieux. Quelquefois elle se couvre d'un nuage, et on la reconnaît à l'odeur divine qui sort de ses cheveux parfumés d'ambroisie.

La ville est au milieu d'une contrée sur laquelle les dieux ont versé leurs bienfaits à pleines mains : on y jouit d'un printemps éternel; la terre, heureusement fertile, y prévient tous les souhaits; les troupeaux y paissent sans nombre, les vents semblent n'y régner que pour répandre partout l'esprit des fleurs : les oiseaux y chantent sans cesse; vous diriez que les bois sont harmonieux : les ruisseaux murmurent dans les plaines : une chaleur douce fait tout éclore; l'air ne s'y respire qu'avec la volupté.

Auprès de la ville est le palais de Vénus. Vulcain lui-même en a bâti les fondemens; il travailla pour son infidèle quand il voulut lui faire oublier le cruel affront qu'il lui fit devant les dieux.

Il me serait impossible de donner une idée des charmes de ce palais : il n'y a que les Grâces qui puissent décrire les choses qu'elles ont faites. L'or, l'azur, les rubis, les diamans y brillent de toutes parts...... Mais j'en peins les richesses, et non pas les beautés.

Les jardins en sont enchantés : Flore et Pomone en ont pris soin; leurs nymphes les cultivent. Les fruits y renaissent sous la main qui les cueille; les fleurs succèdent aux fruits. Quand Vénus s'y promène entourée de ses Gnidiennes, vous diriez que, dans leurs jeux folâtres, elles vont détruire ces jardins délicieux; mais, par une vertu secrète, tout se répare en un instant.

Vénus aime à voir les danses naïves des filles de Gnide. Ses nymphes se confondent avec elles. La déesse prend part à leurs jeux; elle se dépouille de sa majesté; assise au milieu d'elles, elle voit régner dans leur cœur la joie et l'innocence.

On découvre de loin une grande prairie, toute parée de l'émail des fleurs. Le berger vient les cueillir avec sa bergère; mais celle qu'elle a trouvée est toujours la plus belle, et il croit que Flore l'a faite exprès.

Le fleuve Céphée arrose cette prairie et y fait mille détours. Il arrête les bergères fugitives : il faut qu'elles donnent le tendre baiser qu'elles avaient promis.

Lorsque les nymphes approchent de ses bords, il s'arrête; et ses flots qui fuyaient trouvent des flots qui ne fuient plus. Mais lorsqu'une d'elles se baigne il est plus amoureux encore, ses eaux tournent autour d'elle; quelquefois il se soulève pour l'embrasser mieux; il l'enlève, il fuit, il l'entraîne.

Ses compagnes timides commencent à pleurer : mais il la soutient sur ses flots; et, charmé d'un fardeau si cher, il la promène sur sa plaine liquide. Enfin, désespéré de la quitter, il la porte lentement sur le rivage, et console ses compagnes.

A côté de la prairie est un bois de myrtes dont les routes font mille détours. Les amans y viennent se conter leurs peines : l'Amour, qui les amuse, les conduit par des routes toujours plus secrètes.

Non loin de là est un bois antique et sacré où le jour n'entre qu'à peine : des chênes, qui semblent immortels, portent au ciel une tête qui se dérobe aux yeux. On y sent une frayeur religieuse : vous diriez que c'était la demeure des dieux lorsque les hommes n'étaient pas encore sortis de la terre.

Quand on a trouvé la lumière du jour, on monte une petite colline sur laquelle est le temple de Vénus : l'univers n'a rien de plus saint ni de plus sacré que ce lieu.

Ce fut dans ce temple que Vénus vit pour la première fois Adonis : le poison coula au cœur de la déesse. Quoi! dit-elle, j'aimerais un mortel! Hélas! je sens que je l'adore. Qu'on ne m'adresse plus de vœux; il n'y a plus à Gnide d'autre dieu qu'Adonis.

Ce fut dans ce lieu qu'elle appela les Amours, lorsque, piquée d'un défi téméraire, elle les consulta. Elle était en doute si elle s'exposerait nue aux regards du berger troyen. Elle cacha sa ceinture sous ses cheveux; ses nymphes la parfumèrent; elle monta sur son char traîné par des cygnes, et arriva dans la Phrygie. Le berger balançait entre Junon et Pallas; il la vit, et ses regards errèrent et moururent : la pomme d'or tomba aux pieds de la déesse; il voulut parler, et son désordre décida.

Ce fut dans ce temple que la jeune Psyché vint avec sa mère, lorsque l'Amour, qui volait autour des lambris dorés, fut surpris lui-même par un de ses regards. Il sentit tous les maux qu'il fait souffrir. C'est ainsi, dit-il, que je blesse! Je ne puis soutenir mon arc ni mes flèches. Il tomba sur le sein de Psyché. Ah! dit-il, je commence à sentir que je suis le dieu des plaisirs.

Lorsqu'on entre dans ce temple, on sent dans le cœur un charme secret qu'il est impossible d'exprimer : l'âme est saisie de ces ravissemens que les dieux ne sentent eux-mêmes que lorsqu'ils sont dans la demeure céleste. Tout ce que la nature a de riant est joint à tout ce que l'art a pu imaginer de plus noble et de plus digne des dieux.

Une main, sans doute immortelle, l'a partout orné de peintures qui semblent respirer. On y voit la naissance de Vénus, le ravissement des dieux qui la virent, son embarras de se voir toute nue, et cette pudeur qui est la première des grâces.

On y voit les amours de Mars et de la déesse. Le peintre a représenté le dieu sur son char, fier et même terrible : la Renommée vole autour de lui; la Peur et la Mort marchent devant ses coursiers couverts d'écume; il entre dans la mêlée, et une poussière épaisse commence à le dérober. D'un autre côté, on le voit couché languissamment sur un lit de roses; il sourit à Vénus : vous ne le reconnaissez qu'à quelques traits divins qui restent encore. Les Plaisirs font des guirlandes dont ils lient les deux amans : leurs yeux semblent se confondre : ils soupirent; et, attentifs l'un à l'autre, ils ne regardent pas les Amours qui se jouent autour d'eux.

Dans un appartement séparé, le peintre a représenté les noces de Vénus et de Vulcain. Toute la cour céleste y est assemblée. Le dieu paraît moins sombre, mais aussi pensif qu'à l'ordinaire. La déesse regarde d'un air froid la joie commune : elle lui donne négligemment une main qui semble se dérober; elle retire de dessus lui des regards qui portent à peine, et se tourne du côté des Grâces.

Dans un autre tableau, on voit Junon qui fait la cérémonie du mariage. Vénus prend la coupe pour jurer à Vulcain une fidélité éternelle : les dieux sourient, et Vulcain l'écoute avec plaisir.

De l'autre côté, on voit le dieu impatient qui entraîne sa divine épouse; elle fait tant de résistance, que l'on croirait que c'est la fille de Cérès que Pluton va ravir, si l'œil qui voit Vénus pouvait jamais se tromper.

Plus loin de là, on le voit qui l'enlève pour l'emporter sur le lit nuptial. Les dieux suivent en foule. La déesse se débat et veut échapper des bras qui la tiennent. Sa robe fuit ses genoux; la toile vole; mais Vulcain répare ce beau désordre, plus attentif à la cacher, qu'ardent à la ravir.

Enfin, on le voit qui vient de la poser sur le lit que l'Hymen a préparé : il l'enferme dans les rideaux, et il croit l'y tenir pour jamais. La troupe importune se retire; il est charmé de la voir s'éloigner. Les déesses jouent entre elles; mais les dieux paraissent tristes; et la tristesse de Mars a quelque chose d'aussi sombre que la noire jalousie.

Charmée de la magnificence de son temple, la

déesse elle-même y a voulu établir son culte : elle en a réglé les cérémonies, institué les fêtes, et elle y est en même temps la divinité et la prêtresse.

Le culte qu'on lui rend presque par toute la terre est plutôt une profanation qu'une religion. Elle a des temples où toutes les filles de la ville se prostituent en son honneur, et se font une dot des profits de leur dévotion. Elle en a où chaque femme mariée va, une fois en sa vie, se donner à celui qui la choisit, et jette dans le sanctuaire l'argent qu'elle a reçu. Il y en a d'autres où les courtisanes de tous les pays, plus honorées que les matrones, vont porter leurs offrandes. Il y en a enfin où les hommes se font eunuques, et s'habillent en femmes, pour servir dans le sanctuaire, consacrant à la déesse, et le sexe qu'ils n'ont plus, et celui qu'ils ne peuvent pas avoir.

Mais elle a voulu que le peuple de Gnide eût un culte plus pur, et lui rendît des honneurs plus dignes d'elle. Là, les sacrifices sont des soupirs, et les offrandes un cœur tendre. Chaque amant adresse ses vœux à sa maîtresse, et Vénus les reçoit pour elle.

Partout où se trouve la beauté, on l'adore comme Vénus même; car la beauté est aussi divine qu'elle.

Les cœurs amoureux viennent dans le temple; ils vont embrasser les autels de la Fidélité et de la Constance.

Ceux qui sont accablés des rigueurs d'une cruelle y viennent soupirer : ils sentent diminuer leurs tourmens, ils trouvent dans leur cœur la flatteuse espérance.

La déesse, qui a promis de faire le bonheur des vrais amans, le mesure toujours à leurs peines.

La jalousie est une passion qu'on peut avoir, mais qu'on doit taire. On adore en secret les caprices de sa maîtresse, comme on adore les décrets des dieux, qui deviennent plus justes lorsqu'on ose s'en plaindre.

On met au rang des faveurs divines, le feu, les transports de l'amour, et la fureur même : car, moins on est maître de son cœur, plus il est à la déesse.

Ceux qui n'ont point donné leur cœur sont des profanes qui ne peuvent pas entrer dans le temple : ils adressent de loin leurs vœux à la déesse, et lui demandent de les délivrer de cette liberté, qui n'est qu'une impuissance de former des désirs.

La déesse inspire aux filles de la modestie : cette qualité charmante donne un nouveau prix à tous les trésors qu'elle cache.

Mais jamais, dans ces lieux fortunés, elles n'ont rougi d'une passion sincère, d'un sentiment naïf, d'un aveu tendre.

Le cœur fixe toujours lui-même le moment auquel il doit se rendre; mais c'est une profanation de se rendre sans aimer.

L'Amour est attentif à la félicité des Gnidiens : il choisit les traits dont il les blesse. Lorsqu'il voit une amante affligée, accablée des rigueurs d'un amant, il prend une flèche trempée dans les eaux du fleuve d'oubli. Quand il voit deux amans qui commencent à s'aimer, il tire sans cesse sur eux de nouveaux traits. Quand il en voit dont l'amour s'affaiblit, il le fait soudain renaître ou mourir : car il épargne toujours les derniers jours d'une passion languissante : on ne passe point par les dégoûts avant de cesser d'aimer; mais de plus grandes douceurs font oublier les moindres.

L'Amour a ôté de son carquois les traits cruels dont il blessa Phèdre et Ariane, qui, mêlés d'amour et de haine, servent à montrer sa puissance, comme la foudre sert à faire connaître l'empire de Jupiter.

A mesure que le dieu donne le plaisir d'aimer, Vénus y joint le bonheur de plaire.

Les filles entrent chaque jour dans le sanctuaire pour faire leur prière à Vénus. Elles y expriment des sentimens naïfs comme le cœur qui les fait naître. Reine d'Amathonte, disait une d'elles, ma flamme pour Thyrsis est éteinte : je ne te demande pas de me rendre mon amour; fais seulement qu'Ixiphile m'aime.

Une autre disait tout bas : Puissante déesse, donne-moi la force de cacher quelque temps mon amour à mon berger, pour augmenter le prix de l'aveu que je veux lui en faire.

Déesse de Cythère, disait une autre, je cherche la solitude; les jeux de mes compagnes ne me plaisent plus. J'aime peut-être. Ah! si j'aime quelqu'un, ce ne peut être que Daphnis.

Dans les jours de fête, les filles et les jeunes garçons viennent réciter des hymnes en l'honneur de Vénus : souvent ils chantent sa gloire, en chantant leurs amours.

Un jeune Gnidien, qui tenait par la main sa maîtresse, chantait ainsi : Amour, lorsque tu vis Psyché, tu te blessas sans doute des mêmes traits dont tu viens de blesser mon cœur : ton bonheur n'était pas différent du mien; car tu sentais mes feux, et moi j'ai senti tes plaisirs.

J'ai vu tout ce que je décris. J'ai été à Gnide :

j'y ai vu Thémire, et je l'ai aimée; je l'ai vue encore, et je l'ai aimée davantage. Je resterai toute ma vie à Gnide avec elle, et je serai le plus heureux des mortels.

Nous irons dans le temple, et jamais il n'y sera entré un amant si fidèle : nous irons dans le palais de Vénus, et je croirai que c'est le palais de Thémire; j'irai dans la prairie, et je cueillerai des fleurs que je mettrai sur son sein : peut-être que je pourrai la conduire dans le bocage où tant de routes vont se confondre; et, quand elle sera égarée...... L'Amour, qui m'inspire, me défend de révéler ses mystères.

LE

TEMPLE

DE

GNIDE.

SECOND CHANT.

Il y a à Gnide un antre sacré que les nymphes habitent, où la déesse rend ses oracles. La terre ne mugit point sous les pieds; les cheveux ne se dressent point sur la tête; il n'y a point de prêtresses, comme à Delphes, où Apollon agite la

4

Pythie : mais Vénus elle-même écoute les mortels, sans se jouer de leurs espérances ni de leurs craintes.

Une coquette de l'île de Crète était venue à Gnide : elle marchait entourée de tous les jeunes Gnidiens; elle souriait à l'un, parlait à l'oreille à l'autre, soutenait son bras sur un troisième, criait à deux autres de la suivre. Elle était belle et parée avec art; le son de sa voix était imposteur comme ses yeux. O ciel! que d'alarmes ne causa-t-elle point aux vraies amantes! Elle se présenta à l'oracle, aussi fière que les déesses; mais soudain nous entendîmes une voix qui sortait du sanctuaire : Perfide, comment oses-tu porter tes artifices jusque dans les lieux où je règne avec la candeur? Je vais te punir d'une manière cruelle; je t'ôterai tes charmes, mais je te laisserai le cœur comme il est. Tu appelleras tous les hommes que tu verras; ils te fuiront comme une ombre plaintive, et tu mourras accablée de refus et de mépris.

Une courtisane de Nocrétis vint ensuite, toute brillante des dépouilles de ses amans. Va, dit la déesse, tu te trompes, si tu crois faire la gloire de mon empire : ta beauté fait voir qu'il y a des plaisirs, mais elle ne les donne pas. Ton cœur est comme le fer; et quand tu verrais mon fils même, tu ne saurais l'aimer. Va prodiguer tes faveurs aux hommes lâches qui les demandent, et qui s'en dégoûtent; va leur montrer tes charmes, que l'on voit soudain, et que l'on perd pour toujours. Tu n'es propre qu'à faire mépriser ma puissance.

Quelque temps après, vint un homme riche, qui levait les tributs du roi de Lydie. Tu me demandes, dit la déesse, une chose que je ne saurais faire, quoique je sois la déesse de l'amour. Tu achètes des beautés pour les aimer; mais tu ne les aimes pas, parce que tu les achètes. Tes trésors ne te seront point inutiles; ils serviront à te dégoûter de tout ce qu'il y a de plus charmant dans la nature.

Un jeune homme de Doride, nommé Aristée, se présenta ensuite. Il avait vu à Gnide la charmante Camille; il en était éperdument amoureux : il sentait tout l'excès de son amour, et il venait demander à Vénus qu'il pût l'aimer davantage.

Je connais ton cœur, lui dit la déesse : tu sais aimer. J'ai trouvé Camille digne de toi : j'aurais pu la donner au plus grand roi du monde; mais les rois la méritent moins que les bergers.

Je parus ensuite avec Thémire. La déesse me dit : Il n'y a point dans mon empire de mortel qui me soit plus soumis que toi. Mais que veux-tu que je fasse? Je ne saurais te rendre plus amoureux, ni Thémire plus charmante. Ah! lui dis-je, grande déesse, j'ai mille grâces à vous demander : faites que Thémire ne pense qu'à moi, qu'elle ne voie que moi, qu'elle se réveille en songeant à moi; qu'elle craigne de me perdre quand je suis présent, qu'elle m'espère dans mon absence; que, toujours charmée de me voir, elle regrette encore tous les momens qu'elle a passés sans moi.

LE

TEMPLE

DE

GNIDE.

TROISIÈME CHANT.

Il y a à Gnide des jeux sacrés qui se renouvellent tous les ans : les femmes y viennent de toutes parts disputer le prix de la beauté. Là, les bergères sont confondues avec les filles des rois; car la beauté seule y porte les marques de l'empire. Vénus y préside elle-même : elle décide sans balancer, elle sait bien quelle est la mortelle heureuse qu'elle a le plus favorisée.

Hélène remporta ce prix plusieurs fois : elle triompha lorsque Thésée l'eut ravie; elle triompha lorsqu'elle eut été enlevée par le fils de Priam; elle triompha enfin, lorsque les dieux l'eurent rendue à Ménélas, après dix ans d'espérance. Ainsi ce prince, au jugement de Vénus même, se vit aussi heureux époux que Thésée et Pâris avaient été heureux amans.

Il vint trente filles de Corinthe, dont les cheveux tombaient à grosses boucles sur les épaules. Il en vint dix de Salamine, qui n'avaient encore vu que treize fois le cours du soleil. Il en vint quinze de l'île de Lesbos, et elles se disaient l'une à l'autre : Je me sens tout émue; il n'y a rien de si charmant que vous : si Vénus vous voit des mêmes yeux que moi, elle vous couronnera au milieu de toutes les beautés de l'univers.

Il vint cinquante femmes de Milet. Rien n'approchait de la blancheur de leur teint et de la régularité de leurs traits : tout faisait voir ou promettait un beau corps; et les dieux qui les formèrent n'auraient rien fait de plus digne d'eux, s'ils n'avaient plus cherché à leur donner des perfections que des grâces.

Il vint cent femmes de l'île de Chypre. Nous avons, disaient-elles, passé notre jeunesse dans le temple de Vénus : nous lui avons consacré notre virginité et notre pudeur même. Nous ne rougissons point de nos charmes; nos manières, quelquefois hardies et toujours libres, doivent nous donner de l'avantage sur une pudeur qui s'alarme sans cesse.

Je vis les filles de la superbe Lacédémone. Leur robe était ouverte par les côtés, depuis la ceinture, de la manière la plus immodeste; et cependant elles faisaient les prudes, et soutenaient qu'elles ne violaient la pudeur que par amour pour la patrie.

Mer fameuse par tant de naufrages, vous savez conserver des dépôts précieux. Vous vous calmâtes, lorsque le navire Argo porta la toison d'or sur votre plaine liquide; et lorsque cinquante beautés sont parties de Colchos et se sont confiées à vous, vous vous êtes courbée sous elles.

Je vis aussi Oriane, semblable aux déesses. Toutes les beautés de Lydie entouraient leur reine. Elle avait envoyé devant elle cent jeunes filles qui avaient présenté à Vénus une offrande de deux cents talens. Candaule était venu lui-même, plus distingué par son amour que par la pourpre royale : il passait les jours et les nuits à dévorer de ses regards les charmes d'Oriane : ses yeux erraient sur son beau corps, et ses yeux ne se lassaient jamais. Hélas! disait-il, je suis heureux; mais c'est une chose qui n'est sue que de Vénus et de moi : mon bonheur serait plus grand s'il donnait de l'envie. Belle reine, quittez ces vains ornemens; faites tomber cette toile importune; montrez-vous à l'univers; laissez le prix de la beauté, et demandez des autels.

Auprès de là étaient vingt Babyloniennes : elles avaient des robes de pourpre brodées d'or; elles croyaient que leur luxe augmentait leur prix. Il y en avait qui portaient, pour preuve de leur beauté, les richesses qu'elle leur avait fait acquérir.

Plus loin, je vis cent femmes d'Égypte qui avaient les yeux et les cheveux noirs. Leurs maris étaient auprès d'elles, et ils disaient : Les lois nous soumettent à vous en l'honneur d'Isis; mais votre beauté a sur nous un empire plus fort que celui des lois : nous vous obéissons avec le même plaisir que l'on obéit aux dieux; nous sommes les plus heureux esclaves de l'univers.

Le devoir vous répond de notre fidélité : mais

il n'y a que l'amour qui puisse nous promettre la vôtre.

Soyez moins sensibles à la gloire que vous acquerrez à Gnide, qu'aux hommages que vous pouvez trouver dans votre maison, auprès d'un mari tranquille, qui, pendant que vous vous occupez des affaires du dehors, doit attendre, dans le sein de votre famille, le cœur que vous lui rapportez.

Il vint des femmes de cette ville puissante qui envoie ses vaisseaux au bout de l'univers : les ornemens fatiguaient leur tête superbe; toutes les parties du monde semblaient avoir contribué à leur parure.

Dix beautés vinrent des lieux où commence le jour : elles étaient filles de l'Aurore; et, pour la voir, elles se levaient tous les jours avant elle. Elles se plaignaient du Soleil, qui faisait disparaître leur mère; elles se plaignaient de leur mère, qui ne se montrait à elles que comme au reste des mortels.

Je vis, sous une tente, une reine d'un peuple des Indes. Elle était entourée de ses filles, qui déjà faisaient espérer les charmes de leur mère : des eunuques la servaient, et leurs yeux regardaient la terre; car, depuis qu'ils avaient respiré l'air de Gnide, ils avaient senti redoubler leur affreuse mélancolie.

Les femmes de Cadix, qui sont aux extrémités de la terre, disputèrent aussi le prix. Il n'y a point de pays dans l'univers où une belle ne reçoive des hommages; mais il n'y a que les plus grands hommages qui puissent apaiser l'ambition d'une belle.

Les filles de Gnide parurent ensuite. Belles sans ornemens, elles avaient des grâces au lieu de perles et de rubis. On ne voyait sur leur tête que les présens de Flore; mais ils y étaient plus dignes des embrassemens de Zéphyre. Leur robe n'avait d'autre mérite que celui de marquer une taille charmante, et d'avoir été filée de leurs propres mains.

Parmi toutes ces beautés, on ne vit point la jeune Camille. Elle avait dit : Je ne veux point disputer le prix de la beauté; il me suffit que mon cher Aristée me trouve belle.

Diane rendait ces jeux célèbres par sa présence. Elle n'y venait point disputer le prix; car les déesses ne se comparent point aux mortelles. Je la vis seule : elle était belle comme Vénus; je la vis auprès de Vénus : elle n'était plus que Diane.

Il n'y eut jamais un si grand spectacle : les peuples étaient séparés des peuples; les yeux erraient de pays en pays, depuis le couchant jusqu'à l'aurore : il semblait que Gnide fût tout l'univers.

Les dieux ont partagé la beauté entre les nations, comme la nature l'a partagée entre les déesses. Là, on voyait la beauté fière de Pallas; ici, la grandeur et la majesté de Junon; plus loin, la simplicité de Diane, la délicatesse de Thétis, le charme des Grâces, et quelquefois le sourire de Vénus.

Il semblait que chaque peuple eût une manière particulière d'exprimer sa pudeur, et que toutes ces femmes voulussent se jouer des yeux : les unes découvraient la gorge et cachaient leurs épaules : les autres montraient les épaules et couvraient la gorge : celles qui vous dérobaient le pied vous payaient par d'autres charmes : et là on rougissait de ce qu'ici on appelait bienséance.

Les dieux sont si charmés de Thémire qu'ils ne la regardent jamais sans sourire de leur ouvrage. De toutes les déesses, il n'y a que Vénus qui la voie avec plaisir, et que les dieux ne raillent point d'un peu de jalousie.

Comme on remarque une rose au milieu des

fleurs qui naissent dans l'herbe, on distingua Thémire de tant de belles. Elles n'eurent pas le temps d'être ses rivales : elles furent vaincues avant de la craindre. Dès qu'elle parut, Vénus ne regarda qu'elle. Elle appela les Grâces. Allez la couronner, leur dit-elle : de toutes les beautés que je vois, c'est la seule qui vous ressemble.

LE TEMPLE DE GNIDE.

QUATRIÈME CHANT.

Pendant que Thémire était occupée avec ses compagnes au culte de la déesse, j'entrai dans un bois solitaire : j'y trouvai le tendre Aristée. Nous nous étions vus le jour que nous allâmes consulter l'oracle; c'en fut assez pour nous engager à nous entretenir : car Vénus met dans le cœur, en la présence d'un habitant de Gnide, le charme secret que trouvent deux amis, lorsque, après une longue absence, ils sentent dans leurs bras le doux objet de leurs inquiétudes.

Ravis l'un de l'autre, nous sentîmes que notre cœur se donnait; il semblait que la tendre Amitié était descendue du ciel pour se placer au milieu de nous. Nous nous racontâmes mille choses de notre vie. Voici à peu près ce que je lui dis :

Je suis né à Sybaris, où mon père Antiloque était prêtre de Vénus. On ne met point, dans cette ville, de différence entre les voluptés et les besoins; on bannit tous les arts qui pourraient troubler un sommeil tranquille; on donne des prix, aux dépens du public, à ceux qui peuvent découvrir des voluptés nouvelles; les citoyens ne se souviennent que des bouffons qui les ont divertis, et ont perdu la mémoire des magistrats qui les ont gouvernés.

On y abuse de la fertilité du terroir, qui y produit une abondance éternelle; et les faveurs des dieux sur Sybaris ne servent qu'à encourager le luxe et la mollesse.

Les hommes sont si efféminés, leur parure est si semblable à celle des femmes, ils composent si bien leur teint, ils se frisent avec tant d'art, ils emploient tant de temps à se corriger à leur miroir, qu'il semble qu'il n'y ait qu'un sexe dans toute la ville.

Les femmes se livrent au lieu de se rendre : chaque jour voit finir les désirs et les espérances de chaque jour : on ne sait ce que c'est que d'aimer et d'être aimé; on n'est occupé que de ce qu'on appelle si faussement jouir.

Les faveurs n'y ont que leur réalité propre; et toutes ces circonstances qui les accompagnent si bien, tous ces riens qui sont d'un si grand prix, ces engagemens qui paraissent toujours plus grands, ces petites choses qui valent tant, tout ce qui prépare un heureux moment, tant de conquêtes au lieu d'une, tant de jouissances avant la dernière, tout cela est inconnu à Sybaris.

Encore si elles avaient la moindre modestie, cette faible image de la vertu pourrait plaire; mais non : les yeux sont accoutumés à tout voir, et les oreilles à tout entendre.

Bien loin que la multiplicité des plaisirs donne aux Sybarites plus de délicatesse, ils ne peuvent plus distinguer un sentiment d'avec un sentiment.

Ils passent leur vie dans une joie purement

extérieure : ils quittent un plaisir qui leur déplaît pour un plaisir qui leur déplaira encore : tout ce qu'ils imaginent est un nouveau sujet de dégoût.

Leur âme, incapable de sentir les plaisirs, semble n'avoir de délicatesse que pour les peines : un citoyen fut fatigué, toute une nuit, d'une rose qui s'était repliée dans son lit.

La mollesse a tellement affaibli leurs corps, qu'ils ne sauraient remuer les moindres fardeaux; ils peuvent à peine se soutenir sur leurs pieds; les voitures les plus douces les font évanouir; lorsqu'ils sont dans les festins, l'estomac leur manque à tous les instans.

Ils passent leur vie sur des siéges renversés, sur lesquels ils sont obligés de se reposer tout le jour, sans s'être fatigués : ils sont brisés quand ils vont languir ailleurs.

Incapables de porter le poids des armes, timides devant leurs concitoyens, lâches devant les étrangers, ils sont des esclaves tout prêts pour le premier maître.

Dès que je sus penser, j'eus du dégoût pour la malheureuse Sybaris. J'aime la vertu, et j'ai toujours craint les dieux immortels. Non, disais-je, je ne respirerai pas plus long-temps cet air empoisonné : tous ces esclaves de la mollesse sont faits pour vivre dans leur patrie, et moi pour la quitter.

J'allai pour la dernière fois au temple, et, m'approchant des autels où mon père avait tant de fois sacrifié : Grande déesse, dis-je à haute voix, j'abandonne ton temple, et non pas ton culte : en quelque lieu de la terre que je sois, je ferai fumer poür toi de l'encens; mais il sera plus pur que celui qu'on t'offre à Sybaris.

Je partis, et j'arrivai en Crète. Cette île est toute pleine des monumens de la fureur de l'Amour. On y voit le taureau d'airain, ouvrage de Dédale, pour tromper ou pour satisfaire les égaremens de Pasiphaé; le labyrinthe, dont l'Amour seul sut éluder l'artifice; le tombeau de Phèdre, qui étonna le Soleil, comme avait fait sa mère; et le temple d'Ariane qui, désolée dans les déserts, abandonnée par un ingrat, ne se repentait pas encore de l'avoir suivi.

On y voit le palais d'Idoménée, dont le retour ne fut pas plus heureux que celui des autres capitaines grecs : car ceux qui échappèrent au danger d'un élément colère, trouvèrent leur maison plus funeste encore : Vénus irritée leur fit embrasser des épouses perfides, et ils moururent de la main qu'ils croyaient la plus chère.

Je quittai cette île si odieuse à une déesse qui devait faire quelque jour la félicité de ma vie.

Je me rembarquai, et la tempête me jeta à Lesbos. C'est encore une île peu chérie de Vénus : elle a ôté la pudeur du visage des femmes, la faiblesse de leur corps, et la timidité de leur âme. Grande Vénus, laisse brûler les femmes de Lesbos d'un feu légitime; épargne à la nature humaine tant d'horreurs.

Mitylène est la capitale de Lesbos; c'est la patrie de la tendre Sapho. Immortelle comme les Muses, cette fille infortunée brûle d'un feu qu'elle ne peut éteindre. Odieuse à elle-même, trouvant ses ennuis dans ses charmes, elle hait son sexe, et le cherche toujours. Comment, dit-elle, une flamme si vaine peut-elle être si cruelle? Amour, tu es cent fois plus redoutable quand tu te joues que quand tu t'irrites.

Enfin je quittai Lesbos, et le sort me fit trouver une île plus profane encore; c'était celle de Lemnos. Vénus n'y a point de temple : jamais les Lemniens ne lui adressèrent de vœux. Nous rejetons, disent-ils, un culte qui amollit les cœurs. La déesse les en a souvent punis : mais, sans expier leur crime, ils en portent la peine, toujours plus impies à mesure qu'ils sont plus affligés.

Je me remis en mer, cherchant toujours quelque terre chérie des dieux; les vents me portèrent à Délos. Je restai quelques mois dans cette île sacrée. Mais, soit que les dieux nous préviennent quelquefois sur ce qui nous arrive, soit que notre âme retienne de la divinité, dont elle est émanée, quelque faible connaissance de l'avenir, je sentis que mon destin, que mon bonheur même, m'appelaient dans un autre pays.

Une nuit que j'étais dans cet état tranquille où l'âme, plus à elle-même, semble être délivrée de la chaîne qui la tient assujettie, il m'apparut, je ne sus pas d'abord si c'était une mortelle ou une déesse. Un charme secret était répandu sur toute sa personne : elle n'était point belle comme Vénus, mais elle était ravissante comme elle : tous ses traits n'étaient point réguliers, mais ils enchantaient tous ensemble : vous n'y trouviez point ce qu'on admire, mais ce qui pique : ses cheveux tombaient négligemment sur ses épaules, mais cette négligence était heureuse : sa taille était charmante; elle avait cet air que la nature donne seule et dont elle cache le secret aux peintres mêmes. Elle vit mon étonnement; elle en sourit. Dieux! quel souris! Je suis, me dit-elle d'une voix qui pénétrait le cœur, la seconde des Grâces :

Vénus, qui m'envoie, veut te rendre heureux; mais il faut que tu ailles l'adorer dans son temple de Gnide. Elle fuit, mes bras la suivirent : mon songe s'envola avec elle; et il ne me resta qu'un doux regret de ne la plus voir, mêlé du plaisir de l'avoir vue.

Je quittai donc l'île de Délos : j'arrivai à Gnide. Je puis dire que d'abord je respirai l'amour. Je sentis, je ne puis pas bien exprimer ce que je sentis. Je n'aimais pas encore, mais je cherchais à aimer : mon cœur s'échauffait comme dans la présence de quelque beauté divine. J'avançai, et je vis de loin des jeunes filles qui jouaient dans la prairie : je fus d'abord entraîné vers elles. Insensé que je suis, disais-je, j'ai, sans aimer, tous les égaremens de l'amour : mon cœur vole déja vers des objets inconnus, et ces objets lui donnent de l'inquiétude. J'approchai; je vis la charmante Thémire. Sans doute que nous étions faits l'un pour l'autre. Je ne regardai qu'elle; et je crois que je serais mort de douleur, si elle n'avait tourné sur moi quelques regards. Grande Vénus, m'écriai-je, puisque vous devez me rendre heureux, faites que ce soit avec cette bergère : je renonce à toutes les autres beautés; elle seule peut remplir vos promesses et tous les vœux que je ferai jamais.

LE TEMPLE DE GNIDE.

CINQUIÈME CHANT.

Je parlais encore au jeune Aristée de mes tendres amours; ils lui firent soupirer les siens : je soulageai son cœur en le priant de me les raconter. Voici ce qu'il me dit : je n'oublierai rien; car je suis inspiré par le même dieu qui le faisait parler.

Dans tout ce récit, vous ne trouverez rien que de très simple : mes aventures ne sont que les sentimens d'un cœur tendre, que mes plaisirs, que mes peines; et, comme mon amour pour Camille fait le bonheur, il fait aussi toute l'histoire de ma vie.

Camille est fille d'un des principaux habitans de Gnide. Elle est belle; elle a une physionomie qui va se peindre dans tous les cœurs : les femmes qui font des souhaits demandent aux dieux les grâces de Camille; les hommes qui la voient veulent la voir toujours, ou craignent de la voir encore.

Elle a une taille charmante, un air noble, mais modeste, des yeux vifs et tout prêts à être tendres, des traits faits exprès l'un pour l'autre, des charmes invisiblement assortis pour la tyrannie des cœurs.

Camille ne cherche point à se parer; mais elle est mieux parée que les autres femmes.

Elle a un esprit que la nature refuse presque toujours aux belles. Elle se prête également au sérieux et à l'enjouement. Si vous voulez, elle pensera sensément; si vous voulez, elle badinera comme les Grâces.

Plus on a d'esprit, plus on en trouve à Camille.

Elle a quelque chose de si naïf, qu'il semble qu'elle ne parle que le langage du cœur. Tout ce qu'elle dit, tout ce qu'elle fait, a les charmes de la simplicité; vous trouvez toujours une bergère naïve. Des grâces si légères, si fines, si délicates, se font remarquer, mais se font encore mieux sentir.

Avec tout cela, Camille m'aime : elle est ravie quand elle me voit; elle est fâchée quand je la quitte; et, comme si je pouvais vivre sans elle, elle me fait promettre de revenir. Je lui dis toujours que je l'aime, elle me croit : je lui dis que je l'adore, elle le sait; mais elle est ravie, comme si elle ne le savait pas. Quand je lui dis qu'elle fait la félicité de ma vie, elle me dit que je fais le bonheur de la sienne. Enfin elle m'aime tant, qu'elle me ferait presque croire que je suis digne de son amour.

Il y avait un mois que je voyais Camille sans oser lui dire que je l'aimais, et sans oser presque me le dire à moi-même : plus je la trouvais aimable, moins j'espérais d'être celui qui la rendrait sensible. Camille, tes charmes me touchaient; mais ils me disaient que je ne te méritais pas.

Je cherchais partout à t'oublier; je voulais effacer de mon cœur ton adorable image. Que je suis heureux! je n'ai pu y réussir; cette image y est restée, et elle y vivra toujours.

Je dis à Camille : J'aimais le bruit du monde, et je cherche la solitude; j'avais des vues d'ambition, et je ne désire plus que ta présence; je voulais errer sous des climats reculés, et mon cœur n'est plus citoyen que des lieux où tu respires : tout ce qui n'est point toi s'est évanoui de devant mes yeux.

Quand Camille m'a parlé de sa tendresse, elle a encore quelque chose à me dire; elle croit avoir oublié ce qu'elle m'a juré mille fois. Je suis si charmé de l'entendre, que je feins quelquefois de ne la pas croire, pour qu'elle touche encore mon cœur : bientôt règne entre nous ce doux silence qui est le plus tendre langage des amans.

Quand j'ai été absent de Camille, je veux lui rendre compte de ce que j'ai pu voir ou entendre. De quoi m'entretiens-tu? me dit-elle : parle-moi de nos amours; ou, si tu n'as rien pensé, si tu n'as rien à me dire, cruel, laisse-moi parler.

Quelquefois elle me dit en m'embrassant : Tu es triste. Il est vrai, lui dis-je; mais la tristesse des amans est délicieuse; je sens couler mes larmes, et je ne sais pourquoi, car tu m'aimes; je n'ai point de sujet de me plaindre, et je me plains : ne me retire point de la langueur où je suis; laisse-moi soupirer en même temps mes peines et mes plaisirs.

Dans les transports de l'amour, mon âme est trop agitée; elle est entraînée vers son bonheur sans en jouir : au lieu qu'à présent je goûte ma tristesse même. N'essuie point mes larmes : qu'importe que je pleure, puisque je suis heureux?

Quelquefois Camille me dit : Aime-moi. Oui, je t'aime. Mais comment m'aimes-tu? Hélas! lui dis-je, je t'aime comme je t'aimais : car je ne puis comparer l'amour que j'ai pour toi qu'à celui que j'ai eu pour toi-même.

J'entends louer Camille par tous ceux qui la connaissent : ces louanges me touchent comme si elles m'étaient personnelles, et j'en suis plus flatté qu'elle-même.

Quand il y a quelqu'un avec nous, elle parle avec tant d'esprit, que je suis enchanté de ses moindres paroles; mais j'aimerais encore mieux qu'elle ne dît rien.

Quand elle fait des amitiés à quelqu'un, je voudrais être celui à qui elle fait des amitiés, quand tout à coup je fais réflexion que je ne serais point aimé d'elle.

Prends garde, Camille, aux impostures des

amans. Ils te diront qu'ils t'aiment : et ils diront vrai; ils te diront qu'ils t'aiment autant que moi : mais je jure par les dieux que je t'aime davantage.

Quand je l'aperçois de loin, mon esprit s'égare: elle approche, et mon cœur s'agite : j'arrive auprès d'elle, et il semble que mon âme veut me quitter, que cette âme est à Camille, et qu'elle va l'animer.

Quelquefois je veux lui dérober une faveur; elle me la refuse, et dans un instant elle m'en accorde une autre. Ce n'est point un artifice : combattue par sa pudeur et son amour, elle voudrait me tout refuser, elle voudrait pouvoir me tout accorder.

Elle me dit : Ne vous suffit-il pas que je vous aime? Que pouvez-vous désirer après mon cœur? Je désire, lui dis-je, que tu fasses pour moi une faute que l'amour fait faire, et que le grand amour justifie.

Camille, si je cesse un jour de t'aimer, puisse la Parque se tromper, et prendre ce jour pour le dernier de mes jours! Puisse-t-elle effacer le reste d'une vie que je trouverais déplorable, quand je me souviendrais des plaisirs que j'ai eus en aimant!

Aristée soupira et se tut; et je vis bien qu'il ne cessa de parler de Camille que pour penser à elle.

LE

TEMPLE

DE

GNIDE.

SIXIÈME CHANT.

PENDANT que nous parlions de nos amours, nous nous égarâmes; et, après avoir erré long-temps, nous entrâmes dans une grande prairie. Nous fûmes conduits, par un chemin de fleurs, au pied d'un rocher affreux. Nous vîmes un antre obscur;

nous y entrâmes, croyant que c'était la demeure de quelque mortel. O dieux! qui aurait pensé que ce lieu eût été si funeste? A peine y eus-je mis le pied, que tout mon corps frémit, mes cheveux se dressèrent sur la tête. Une main invisible m'entraînait dans ce fatal séjour : à mesure que mon cœur s'agitait, il cherchait à s'agiter encore. Ami, m'écriai-je, entrons plus avant, dussions-nous voir augmenter nos peines. J'avance dans ce lieu où jamais le soleil n'entra, et que les vents n'agitèrent jamais. J'y vis la Jalousie. Son aspect était plus sombre que terrible : la Pâleur, la Tristesse, le Silence, l'entouraient, et les Ennuis volaient autour d'elle. Elle souffla sur nous, elle nous mit la main sur le cœur, elle nous frappa sur la tête; et nous ne vîmes, nous n'imaginâmes plus que des monstres. Entrez plus avant, nous dit-elle, malheureux mortels; allez trouver une déesse plus puissante que moi. Nous vîmes une affreuse divinité, à la lueur des langues enflammées des serpens qui sifflaient sur sa tête : c'était la Fureur. Elle détacha un de ses serpens, et le jeta sur moi : je voulus le prendre; déjà, sans que je l'eusse senti, il s'était glissé dans mon cœur. Je restai un moment comme stupide; mais, dès que le poison se fut répandu dans mes veines, je crus être au milieu des enfers : mon âme fut embrasée, et, dans sa violence, tout mon corps la contenait à peine : j'étais si agité, qu'il me semblait que je tournais sous le fouet des Furies. Nous nous abandonnâmes à nos transports; nous fîmes cent fois le tour de cet antre épouvantable : nous allions de la Jalousie à la Fureur, et de la Fureur à la Jalousie : nous criions, Thémire! nous criions, Camille! Si Thémire ou Camille était venue, nous l'aurions déchirée de nos propres mains.

Enfin nous trouvâmes la lumière du jour; elle nous parut importune, et nous regrettâmes presque l'antre affreux que nous avions quitté. Nous tombâmes de lassitude; et ce repos même nous parut insupportable. Nos yeux nous refusèrent des larmes, et notre cœur ne put plus former de soupirs.

Je fus pourtant un moment tranquille : le sommeil commençait à verser sur moi ses doux pavots. O dieux! ce sommeil même devint cruel. J'y voyais des images plus terribles pour moi que les pâles ombres : je me réveillais à chaque instant sur une infidélité de Thémire; je la voyais..... Non, je n'ose encore le dire; et ce que j'imaginais seulement pendant la veille, je le trouvais réel dans les horreurs de cet affreux sommeil.

Il faudra donc, dis-je en me levant, que je fuie également les ténèbres et la lumière! Thémire, la cruelle Thémire m'agite comme les furies. Qui l'eût cru, que mon bonheur serait de l'oublier pour jamais!

Un accès de fureur me reprit : Ami, m'écriai-je, lève-toi. Allons exterminer les troupeaux qui paissent dans cette prairie : poursuivons ces bergers dont les amours sont si paisibles. Mais non : je vois de loin un temple; c'est peut-être celui de l'Amour : allons le détruire, allons briser sa statue, et lui rendre nos fureurs redoutables. Nous courûmes, et il semblait que l'ardeur de commettre un crime nous donnât des forces nouvelles : nous traversâmes les bois, les prés, les guérets; nous ne fûmes pas arrêtés un instant : une colline s'élevait en vain, nous y montâmes; nous entrâmes dans le temple : il était consacré à Bacchus. Que la puissance des dieux est grande! Notre fureur fut aussitôt calmée. Nous nous regardâmes, et nous vîmes avec surprise le désordre où nous étions.

Grand Dieu! m'écriai-je, je te rends moins grâces d'avoir apaisé ma fureur, que de m'avoir épargné un grand crime. Et, m'approchant de la prêtresse : Nous sommes aimés du dieu que vous servez; il vient de calmer les transports dont nous étions agités : à peine sommes-nous entrés dans ce lieu, que nous avons senti sa faveur présente; nous voulons lui faire un sacrifice. Daignez l'offrir pour nous, divine prêtresse. J'allai chercher une victime, et je l'apportai à ses pieds.

Pendant que la prêtresse se préparait à donner le coup mortel, Aristée prononça ces paroles : Divin Bacchus, tu aimes à voir la joie sur le visage des hommes; nos plaisirs sont un culte pour toi, et tu ne veux être adoré que par les mortels les plus heureux.

Quelquefois tu égares doucement notre raison; mais, quand quelque divinité cruelle nous l'a ôtée, il n'y a que toi qui puisses nous la rendre.

La noire Jalousie tient l'Amour sous son esclavage; mais tu lui ôtes l'empire qu'elle prend sur nos cœurs, et tu la fais rentrer dans sa demeure affreuse.

Après que le sacrifice fut fait, tout le peuple s'assembla autour de nous; et je racontai à la prêtresse comment nous avions été tourmentés dans la demeure de la Jalousie. Et tout à coup nous entendîmes un grand bruit, et un mélange confus de voix et d'instrumens de musique. Nous sortîmes du temple, et nous vîmes arriver une troupe de Bacchantes qui frappaient la terre de leurs thyrses, criant à haute voix : Evohé! Le vieux Silène suivait, monté sur son âne : sa tête semblait chercher la terre; et, sitôt qu'on abandonnait son corps, il se balançait comme par mesure. La troupe avait le visage barbouillé de lie. Pan paraissait ensuite avec sa flûte, et les Satyres entouraient leur roi. La joie régnait avec le désordre; une folie aimable mêlait ensemble les jeux, les railleries, les danses, les chansons. Enfin je vis Bacchus : il était sur son char traîné par des tigres, tel que le Gange le vit au bout de l'univers, portant partout la joie et la victoire.

A ses côtés était la belle Ariane. Princesse, vous vous plaigniez encore de l'infidélité de Thésée, lorsque le dieu prit votre couronne et la plaça dans le ciel. Il essuya vos larmes. Si vous n'aviez pas cessé de pleurer, vous auriez rendu un dieu plus malheureux que vous, qui n'étiez qu'une mortelle. Il vous dit : Aimez-moi. Thésée fuit; ne vous souvenez plus de son amour; oubliez jusqu'à sa perfidie. Je vous rends immortelle pour vous aimer toujours.

Je vis Bacchus descendre de son char; je vis descendre Ariane : elle entra dans le temple. Aimable dieu, s'écria-t-elle, restons dans ces lieux, et soupirons-y nos amours. Faisons jouir ce doux climat d'une joie éternelle. C'est auprès de ces lieux que la reine des cœurs a posé son empire : que le dieu de la joie règne auprès d'elle, et augmente le bonheur de ces peuples déjà si fortunés.

Pour moi, grand dieu, je sens déjà que je t'aime davantage. Quoi! tu pourrais quelque jour me paraître encore plus aimable! Il n'y a que les immortels qui puissent aimer à l'excès, et aimer toujours davantage; il n'y a qu'eux qui obtiennent plus qu'ils n'espèrent, et qui sont plus bornés quand ils désirent que quand ils jouissent.

Tu seras ici mes éternelles amours. Dans le ciel, on n'est occupé que de sa gloire; ce n'est que sur la terre et dans les lieux champêtres que l'on sait aimer. Et pendant que cette troupe se livrera à une joie insensée, ma joie, mes soupirs, et mes larmes même, te rediront sans cesse mes amours.

Le dieu sourit à Ariane; il la mena dans le sanctuaire. La joie s'empara de nos cœurs : nous sentîmes une émotion divine. Saisis des égaremens de Silène et des transports des Bacchantes, nous prîmes un thyrse, et nous nous mêlâmes dans les danses et dans les concerts.

LE TEMPLE DE GNIDE.

SEPTIÈME CHANT.

Nous quittâmes les lieux consacrés à Bacchus; mais bientôt nous crûmes sentir que nos maux n'avaient été que suspendus. Il est vrai que nous n'avions point cette fureur qui nous avait agités; mais la sombre tristesse avait saisi notre âme, et nous étions dévorés de soupçons et d'inquiétudes.

Il nous semblait que les cruelles déesses ne nous avaient agités que pour nous faire pressentir des malheurs auxquels nous étions destinés.

Quelquefois nous regrettions le temple de Bacchus; bientôt nous étions entraînés vers celui de Gnide : nous voulions voir Thémire et Camille, ces objets puissans de notre amour et de notre jalousie.

Mais nous n'avions aucune de ces douceurs que l'on a coutume de sentir lorsque, sur le point de revoir ce qu'on aime, l'âme est déjà ravie, et semble goûter d'avance tout le bonheur qu'elle se promet.

Peut-être, dit Aristée, que je trouverai le berger Lycas avec Camille; que sais-je s'il ne lui parle pas dans ce moment? O dieux! l'infidèle prend plaisir à l'entendre!

On disait l'autre jour, repris-je, que Thyrsis, qui a tant aimé Thémire, devait arriver à Gnide; il l'a aimée, sans doute qu'il l'aime encore : il faudra que je dispute un cœur que je croyais tout à moi.

L'autre jour Lycas chantait ma Camille : que j'étais insensé! j'étais ravi de l'entendre louer.

Je me souviens que Thyrsis porta à ma Thémire des fleurs nouvelles : malheureux que je suis! elle les a mises sur son sein! C'est un présent de Thyrsis, disait-elle. Ah! j'aurais dû les arracher, et les fouler à mes pieds.

Il n'y a pas long-temps que j'allais avec Camille faire à Vénus un sacrifice de deux tourterelles; elles m'échappèrent, et s'envolèrent dans les airs.

J'avais écrit sur des arbres mon nom avec celui de Thémire, j'avais écrit mes amours : je les lisais et relisais sans cesse; un matin je les trouvai effacés.

Camille, ne désespère point un malheureux qui t'aime : l'amour qu'on irrite peut avoir tous les effets de la haine.

Le premier Gnidien qui regardera ma Thémire, je le poursuivrai jusque dans le temple, et je le punirai, fût-il aux pieds de Vénus.

Cependant nous arrivâmes près de l'antre sacré où la déesse rend ses oracles. Le peuple était comme les flots de la mer agitée : ceux-ci venaient d'entendre, les autres allaient chercher leur réponse.

Nous entrâmes dans la foule; je perdis l'heureux Aristée. Déjà il avait embrassé sa Camille; et moi je cherchais encore ma Thémire.

Je la trouvai enfin. Je sentis ma jalousie redoubler à sa vue, je sentis renaître mes premières fureurs. Mais elle me regarda, et je devins tranquille. C'est ainsi que les dieux renvoient les Furies, lorsqu'elles sortent des enfers.

O dieux! me dit-elle, que tu m'as coûté de larmes! Trois fois le soleil a parcouru sa carrière; je craignais de t'avoir perdu pour jamais : cette parole me fait trembler. J'ai été consulter l'oracle. Je n'ai point demandé si tu m'aimais; hélas! je ne voulais que savoir si tu vivais encore. Vénus vient de me répondre que tu m'aimes toujours.

Excuse, lui dis-je, un infortuné qui t'aurait haïe, si son âme en était capable. Les dieux, dans les mains desquels je suis, peuvent me faire perdre la raison : ces dieux, Thémire, ne peuvent pas m'ôter mon amour.

La cruelle Jalousie m'a agité, comme dans le Tartare on tourmente les ombres criminelles. J'en tire cet avantage, que je sens mieux le bonheur qu'il y a d'être aimé de toi, après l'affreuse situation où m'a mis la crainte de te perdre.

Viens donc avec moi, viens dans ce bois solitaire : il faut qu'à force d'aimer j'expie les crimes que j'ai faits. C'est un grand crime, Thémire, de te croire infidèle.

Jamais les bois de l'Élysée, que les dieux ont faits exprès pour la tranquillité des ombres qu'ils chérissent; jamais les forêts de Dodone, qui parlent aux humains de leur félicité future; ni les jardins des Hespérides, dont les arbres se courbent sous le poids de l'or qui compose leurs fruits, ne furent plus charmans que ce bocage enchanté par la présence de Thémire.

Je me souviens qu'un Satyre, qui suivait une Nymphe qui fuyait tout éplorée, nous vit, et s'arrêta. Heureux amans! s'écria-t-il, vos yeux savent s'entendre et se répondre; vos soupirs sont payés par des soupirs! Mais moi, je passe ma vie sur les traces d'une bergère farouche; malheureux pendant que je la poursuis, plus malheureux encore lorsque je l'ai atteinte.

Une jeune Nymphe, seule dans ce bois, nous aperçut et soupira. Non, dit-elle, ce n'est que pour augmenter mes tourmens, que le cruel Amour me fait voir un amant si tendre.

Nous trouvâmes Apollon assis auprès d'une fontaine. Il avait suivi Diane, qu'un daim timide avait menée dans ces bois. Je le reconnus à ses blonds cheveux, et à la troupe immortelle qui était autour de lui. Il accordait sa lyre; elle attire les rochers, les arbres la suivent, les lions restent immobiles. Mais nous entrâmes plus avant dans les forêts, appelés en vain par cette divine harmonie.

Où croyez-vous que je trouvai l'Amour? Je le trouvai sur les lèvres de Thémire; je le trouvai ensuite sur son sein; il s'était sauvé à ses pieds: je l'y trouvai encore; il se cacha sous ses genoux: je le suivis, et je l'aurais toujours suivi, si Thémire toute en pleurs, Thémire irritée ne m'eût arrêté. Il était à sa dernière retraite : elle est si charmante, qu'il ne saurait la quitter. C'est ainsi qu'une tendre fauvette, que la crainte et l'amour retiennent sur ses petits, reste immobile sous la main avide qui s'approche, et ne peut consentir à les abandonner.

Malheureux que je suis! Thémire écouta mes plaintes, elle n'en fut point attendrie : elle entendit mes prières, elle devint plus sévère. Enfin je fus téméraire : elle s'indigna; je tremblai : elle me parut fâchée; je pleurai : elle me rebuta; je tombai, et je sentis que mes soupirs allaient être mes derniers soupirs, si Thémire n'avait mis la main sur mon cœur, et n'y eût rappelé la vie.

Non, dit-elle, je ne suis pas si cruelle que toi;

car je n'ai jamais voulu te faire mourir, et tu veux m'entraîner dans la nuit du tombeau. Ouvre ces yeux mourans, si tu ne veux que les miens se ferment pour jamais.

Elle m'embrassa : je reçus ma grâce, hélas! sans espérance de devenir coupable.

CÉPHISE

ET

L'AMOUR.

Comme cette Pièce m'a paru être du même auteur, j'ai cru devoir la traduire et la mettre ici.

CÉPHISE

ET

L'AMOUR.

UN jour que j'errais dans les bois d'Idalie avec la jeune Céphise, je trouvai l'Amour qui dormait couché sur des fleurs, et couvert par quelques branches de myrte qui cédaient doucement aux haleines des Zéphyrs. Les Jeux et les Ris, qui le suivent toujours, étaient allés folâtrer loin de lui : il était seul. J'avais l'Amour en mon pouvoir; son arc et son carquois étaient à ses côtés;

et, si j'avais voulu, j'aurais volé les armes de l'Amour. Céphise prit l'arc du plus grand des dieux : elle y mit un trait sans que je m'en aperçusse, et le lança contre moi. Je lui dis en souriant : Prends-en un second; fais-moi une autre blessure; celle-ci est trop douce. Elle voulut ajuster un autre trait; il lui tomba sur le pied, et elle cria doucement : c'était le trait le plus pesant qui fût dans le carquois de l'Amour. Elle le reprit, le fit voler; il me frappa, je me baissai. Ah! Céphise, tu veux donc me faire mourir? Elle s'approcha de l'Amour. Il dort profondément, dit-elle; il s'est fatigué à lancer ses traits. Il faut cueillir des fleurs pour lui lier les pieds et les mains. Ah! je n'y puis consentir; car il nous a toujours favorisés. Je vais donc, dit-elle, prendre ses armes, et lui tirer une flèche de toute ma force. Mais il se réveillera, lui dis-je. Eh bien! qu'il se réveille : que pourra-t-il faire que nous blesser davantage? Non, non, laissons-le dormir; nous resterons auprès de lui, et nous en serons plus enflammés.

Céphise prit alors des feuilles de myrtes et de roses. Je veux, dit-elle, en couvrir l'Amour. Les Jeux et les Ris le chercheront, et ne pourront plus le trouver. Elle les jeta sur lui, et elle riait de voir le petit dieu presque enseveli. Mais à quoi m'amusé-je? dit-elle. Il faut lui couper les ailes, afin qu'il n'y ait plus sur la terre d'hommes volages; car ce dieu va de cœur en cœur, et porte partout l'inconstance. Elle prit ses ciseaux, s'assit; et, tenant d'une main le bout des ailes dorées de l'Amour, je sentis mon cœur frappé de crainte. Arrête, Céphise! Elle ne m'entendit pas. Elle coupa le sommet des ailes de l'Amour, laissa ses ciseaux, et s'enfuit.

Lorsqu'il se fut réveillé, il voulut voler; et il sentit un poids qu'il ne connaissait pas. Il vit sur les fleurs le bout de ses ailes; il se mit à pleurer. Jupiter, qui l'aperçut du haut de l'Olympe, lui envoya un nuage qui le porta dans le palais de Gnide, et le posa sur le sein de Vénus. Ma mère, dit-il, je battais de mes ailes sur votre sein; on me les a coupées : que vais-je devenir? Mon fils, dit la belle Cypris, ne pleurez point; restez sur mon sein, ne bougez pas; la chaleur va les faire renaître. Ne voyez-vous pas qu'elles sont plus grandes? Embrassez-moi : elles croissent : vous les aurez bientôt comme vous les aviez; j'en vois déjà le sommet qui se dore : dans un moment.... C'est assez; volez, volez, mon fils. Oui, dit-il, je vais me hasarder. Il s'envola; il se re-

reposa auprès de Vénus, et revint d'abord sur son sein. Il reprit l'essor; il alla se reposer un peu plus loin, et revint encore sur le sein de Vénus. Il l'embrassa : elle lui sourit; il l'embrassa encore, et badina avec elle; et enfin il s'éleva dans les airs, d'où il règne sur toute la nature.

L'Amour, pour se venger de Céphise, l'a rendue la plus volage de toutes les belles; il la fait brûler chaque jour d'une nouvelle flamme. Elle m'a aimé; elle a aimé Daphnis, et elle aime aujourd'hui Cléon. Cruel Amour, c'est moi que vous punissez! Je veux bien porter la peine de son crime; mais n'auriez-vous point d'autres tourmens à me faire souffrir?

FIN.

www.ingramcontent.com/pod-product-compliance
Ingram Content Group UK Ltd.
Pitfield, Milton Keynes, MK11 3LW, UK
UKHW021220230726
13926UKWH00003B/1149

9 782013 601856